Lee Aucoin, *Directora creativa*
Jamey Acosta, *Editora principal*
Heidi Fiedler, *Editora*
Producido y diseñado por
Denise Ryan & Associates
Ilustraciones © Nelle Davis
Traducido por Santiago Ochoa
Rachelle Cracchiolo, *Editora comercial*

Teacher Created Materials

5301 Oceanus Drive
Huntington Beach, CA 92649-1030
http://www.tcmpub.com
ISBN: 978-1-4807-4070-9
© 2015 Teacher Created Materials

El sueño de Lizzie

Escrito por Celia Doyle

Ilustrado por Nelle Davis

A Lizzie le encantaba mirar las montañas cubiertas de nieve que podía ver desde su aula.

"Si pudiera volar sobre ellas, descubriría lo que hay al otro lado", pensaba.

Y un día, Lizzie dijo a sus amigos que iba a ser aviadora. Pam le dijo que tendría que ser buena en matemáticas.

—Sí, tendré que esforzarme en ello —dijo Lizzie—. ¡No soy muy mala, pero podría mejorar!

5

Jen le dijo que tendría que aprender todo sobre el planeta Tierra.

—Hmm. Creo que necesitaré un nuevo atlas —dijo Lizzie—. ¿Crees que uno realmente grande me ayudaría a saber dónde están todas las montañas?

20 + 5 = 25

12 + 4 = 16

6

Lizzie resolvió todo tipo de problemas extraños en la clase de matemáticas. Intentó trazar una trayectoria de vuelo sobre las montañas.

—Se supone que debes hacer sumas —le susurró Sam.

—Ya terminé —dijo Lizzie—. Estoy haciendo una gráfica. Y tratando de mejorar en matemáticas.

9

En la clase de ciencias, el Sr. Wood enseñó a los estudiantes a hacer aviones de papel. Pero el avión de Lizzie no voló muy bien.

—¡Creo que necesito aprender a volar! —exclamó ella, mientras su avión chocaba contra la cabeza de Jen.

Cuando llegó el momento de leer en silencio, Lizzie leyó un libro sobre el arte de volar. Luego, leyó un libro sobre naves espaciales. Al día siguiente, leyó sobre los océanos.

—Se supone que esta semana leeremos ficción —Joel susurró a Lizzie.

—¡Ah, lo olvidé! Tal vez debería leer *El principito*. Mi amigo Cal me habló de él. Es una historia sobre un piloto que se estrella con su avión en el norte de África. Pero tal vez sea un poco triste.

13

—¿Qué libro estás leyendo, Lizzie? —le preguntó la Sra. Hale.

—Ay, Sra. Hale —dijo Lizzie—. Me confundí. Lo siento. Joel me dijo que debería leer *De vuelta a casa*. Es sobre un niño que se estrella en la luna con su avión. Creo que ya lo leí, ¡pero me encantan los dibujos de Oliver Jeffers!

—Cuando lo haga, voy a leer *Mi vida como un astronauta de último momento*. Sam dijo que es sobre un niño que viaja escondido en el transbordador espacial. Pero sucede que tiene que seguir las reglas de abordo. Es indudable que eso es ficción.

17

Al día siguiente, la Sra. Hale dio tres libros a Lizzie.

—Lizzie, creo que te gustarán —le dijo—. Este libro es sobre Amelia Earhart. Este otro es sobre Bessie Colman y el tercero es sobre Sally Ride. Todas fueron aviadoras famosas.

19

Cuando llegó el momento de leer otra vez en silencio, Lizzie seguía contando a Jen sobre Amelia Earhart.

—Era aviadora, atravesó el Atlántico, desapareció y…

—Chsss, Lizzie. Se supone que no debemos hablar de los libros todavía.

—No me llames Lizzie. No es un nombre de astronauta. De ahora en adelante, seré Liz.

Cuando llegó la hora de Matemáticas, seguía contando a Sam todo acerca de Bessie Colman.

—Era realmente buena en matemáticas. Era una aviadora acrobática y podía...

—Chsss, Liz. Dedícate a las matemáticas. Se supone que no debemos hablar —le dijo Sam.

23

Ese mismo día, el Sr. Wood enseñó a todos cómo hacer un cohete. Utilizaron papel y tabletas efervescentes.

Cuando terminaron, Liz preguntó:

—¿Los cohetes funcionan del mismo modo? No usan tabletas, ¿verdad?

—¿Qué piensas tú, Liz? —preguntó el Sr. Wood.

24

—Pienso que necesito averiguar más sobre cohetes —respondió Liz—. Cuando sea una astronauta como Sally Ride, volaré en una nave espacial de verdad. ¡Entonces, podré ver por encima de las montañas y los océanos y por toda la Tierra!

—Lo prometo. ¡Un día, lo haré! Volaré sobre
las montañas. ¡Incluso tal vez ustedes puedan venir
conmigo!